KB130163

보이지 않는 곳에 너는 있다

책 만 드 는 집　시 인 선 2 3 5

보이지 않는 곳에
너는 있다

이성곤 시집

책만드는집

2016년에 첫 시집을 내고 나서 6년이 훨씬 지났다. 그동안 두 번째 시집을 내지 못하고 있는 데 대한 초조함과 강박관념에 시달리다가 시 쓰기에 전념하기 위해서 하던 사업도 정리하며 나름 많은 노력을 기울이던 중 두 해 전에 큰딸을 잃는 큰 슬픔을 겪었고, 그로 인해 나의 삶이 크게 바뀌기도 했으니, 이번 시집은 큰딸 크리스티나 유나에게 바치는 헌정 시집이다.

바라건대 독자들이 나의 시로부터 위로와 평화를 얻는다면 큰 보람이 될 것이다.

2024년 2월

이성곤

| 차례 |

2부　함께 사는 세상을 위하여

3부   이과생의 시 쓰기

4부 따뜻한 세상을 위하여

5부 추억을 위하여

1부

그리움을 위하여

너 떠나고

누군가 그립거든
어둠 속을 걸어보아라
아무것도 보이지 않는다고
없는 것이 아니다
숨어 있는 어둠 어딘가
너는 그곳에 있다

때론 바람으로 체취를 전하고
가끔은 꽃으로 피어나 안부를 물으니
지금 나는 평화롭다

어디에도 영원히 사라지는 것은 없다
너와 나 잠시 비껴 있을 뿐
때가 되면 만나게 되고
때가 지면 잠시 헤어짐이니
마음 쓸 일 무언가?

After you left

If you miss someone,

try walking in the dark.

You may not see anything,

but it's never empty.

You are there,

hidden in the dark.

The wind carries with it your scent,

or you could bloom as a flower to greet me.

Now I am at peace.

Nothing is gone forever—

You and I, though we are apart for now,

we'll meet again when it's time

and we'll say our temporary goodbyes when

it's time.

What more is there to feel?

납골당에서

하늘 끝이 보이는 맑은 날이면
그리움이 더하다
아마도 그리움에 색깔이 있다면
맑음일 것이다

흰 국화 한 송이 바치고 나면
밖은 낮이 한창인데
갈 곳이 없다

화장 火葬

해맑아서 더욱 시린 2월의 하늘로
한 줄기 연기가 올라갑니다
어디 마실이라도 가시는 듯
살랑살랑 손 흔들며 올라갑니다
나는 팔을 크게 저어가며
손글씨를 써봅니다
어 머 니

빈집

지난밤 술에 취해
비틀대며 오는 길에
지갑에 휴대폰에 신발 한 짝까지도
잃어버렸다

아침에 일어나 보니
간밤에 잃어버린 또 하나
창백한 영혼이
문밖에서
초겨울 찬 바람에 뒹굴고 있었다

Empty House

Drunk last night staggering on the way
In your wallet, your phone, even a pair of
shoes I lost it

I woke up in the morning
Another one lost last night
pale soul is rolling outside the door
in the cold wind of early winter

빈집 2

문을 열고 들어서면
바람이 차다
달빛 몇 점 스며들어
희미하게 드리운 그림자를 밝힐 뿐
고요 속에 움직임이란 없다

태고부터 쌓여왔던 고요는
차라리 뒷산의 바위가 되어
번개가 내리쳐도
비명조차 지를 수 없는
침묵의 바위가 되어
억겁의 세월을 버티어왔지 않느냐?

빈집의 주인이여
고요여 적막이여
침묵의 바위가 되어

작은 틈 하나 내어준다면
어디에도 등록되지 않은
지친 영혼이 쉴 수 있는
무명의 둥지를 틀고
동면에 들리라
천둥 벼락에도 깨어나지 않을
깊은 잠에 빠지리라

Empty House 2

When I open the door and step inside,
the wind is cold.
Moonbeams gently seep through
to illuminate faint shadows,
but there is no movement in the silence.

It is the silence that has existed since the dawn
of time,
like a strong boulder from the mountains,
that even when struck by lightning,
does not make a sound,
enduring endless years.

Oh the empty house,
Oh the dreary silence,
be a silent boulder,

that gives me a small cranny.

The restless vagabond soul

shall build an unnamed nest

and fall into a deep sleep.

A deep sleep that shall not awake

even when struck by lightning.

해바라기

해질 녘 석양이 낮게 스며드는 창가에
노란 해바라기 한 송이
가벼운 손짓으로 인사하면
오늘 하루의 이야기를 풀어보련다

누구를 만나
무슨 얘기를 나눴고
무엇을 먹었는지
네가 함께였다면 더 좋았을
소소한 하루의 일상까지도 담아
하루의 일기를 쓰듯이

이윽고 해바라기가 졸음에 젖기까지
중얼중얼 내용 없는 이야기는 이어지고
너는 그저 환한 웃음 지으며 듣고 있겠지

언젠가 우리 마음속

노란 해바라기 한 송이 저물 때면

나의 이야기도 그치겠지만

아무 일 없었던 듯

기지개로 시작될 아침

사랑하는 나의 딸 유나를 보내며

겨울 하늘 시리도록 푸르른 날에
세찬 바람 공터를 휘도는 날에
네가 좋아하던 봄꽃이 피려면
이제 얼마 남지 않았건만
너의 절반인 사랑하는 가족 곁을
무엇 때문에 갑자기 떠나야만 했나요?

아무리 인명은 재천이라지만
이제 겨우 삼십 대의 창창한 청춘을
하늘은 왜 이리 빨리도 데리고 가시나요?

해맑게 예쁜 미소
따뜻하고 정 많은 마음씨
이제 다시 볼 수 없으니
여기 남은 우리들의
보고 싶은 마음 어찌하나요?

부디 잘 가거라
하늘나라 가는 길 서둘지 말고
힘들면 쉬고 목마르면 물 마시며
천천히 아주 천천히 가거라
가는 길에 언제라도 보고픈 가족들에게
꿈에라도 좋으니 꼭 한번 들러서
못다 한 말 하고픈 말 마저 들려주거라

이제 세상의 무거운 짐 훌훌 벗고
하늘나라, 가족들과 가장 가까운 곳에서
편히 쉬며 늘 우리 곁에 있어주거라
부디 잘 가거라, 사랑하는 나의 딸아

파도

나는 기억한다
2월의 그날
주문진 포구의 방파제로 달려들던
너의 모습
얼마나 차고 먼 길을
서로 부딪히며 왔을까
검푸르게 지친 몸을
이제야 쉬려는데
육지에 닿는 순간
하얗게 포말로 부서져 사라짐을

나는 보았다
바다가 보이는 카페에서
담배를 한 대 피우던 순간에도
다시금 몸을 추슬러
상륙을 시도하던 그것은

영원히 이룰 수 없는
시시포스의 몸짓임을

나는 믿는다
카페 한쪽 낡은 탁자 위로 피어오르던
자욱한 담배 연기를 밀치며
살포시 퍼지던 맑은 향내
그 사이로 속삭이듯 들려오던
낯선 언어의 노랫말이 전하는
Dream comes true처럼
언젠가 이루어질
상륙의 꿈을

파도 2

더 이상 물러설 곳이 없다
뒤돌아 갈 수도 없다
그저 커다란 힘에 떠밀려
삶의 끝자락 이곳까지 왔다

나를 앞서갔던
억겁의 물결들이
흔적조차 없이
포말로 사라져 간 이곳에서
나 역시 마지막을 준비해야만 한다

이제 곧 뒤따르는 파도에
찰나의 자취를 남긴 채 사라져 가겠지만
누군가 기억해 주기를
사라지지만 영원히 사라지지 않는
우주의 한 조각이었음을 기억해 주기를

태곳적 나의 전생이 별이었듯이
다음 세상 또한 별이 되어
반짝이며 살아갈 수 있도록
기도해 주기를

2부
함께 사는 세상을 위하여

절벽

직각은 위험하다

먼 길을 가다 보면
때론 그 위에 선다

비상과 추락 사이
물러섬이 있어 다행이다

Cliff

A right angle is perilous

At times we stand on one
to go far and beyond

There is relief in the retreat
between soaring and sinking

옻나무

그대 내게 다가오지 마세요
타고난 천형으로
그대마저 아프게 할 수 있음이니
그저 세상을 등진 채
홀로 조용히 살고 싶습니다

그대 정녕 원하신다면
잘 벼린 칼로
내 몸뚱이를 힘껏 그어도 좋고
몸통째 덥석 잘라
뻘건 장작불에 구워도 좋습니다

참을 수 없는 고통 끝에 흘리는
끈적끈적한 피를
대롱질로 잘 거두어
누군가를 살릴 수만 있다면

내 몸이 베이고 구워지는 아픔쯤은

기꺼이 참으렵니다

집에 가자
– 고 김용균 군을 추모하며

아이야, 집에 가자
불빛 한 점 없는 어둠 속에서
목말라 가며 땀 흘려가며
힘들었지

아이야, 집에 가자
어미가 밥상 차려놓고
너 오기만을 기다리는 집에 가서
물 마시고 땀 씻고
늦은 저녁밥을 먹자

아이야, 집에 가자
구성진 노랫가락에
세상 근심 내려놓고
어미 품에 안겨
깊은 잠에 빠져

자장자장
죽음 너머 좋은 세상을 꿈꾸자

아궁이

누추한 처마 밑에서
젖은 몸 말려가며
오래 기다렸어요

이제 제게로 와서
그대의 몸 마음껏 불사르세요
추운 겨울밤을 덥히기 위한
당신의 소신공양
기꺼이 받들게요

그리고
잔불로 덮혀진 제 품에 안겨
이승에서의 마지막 밤
아무 생각 없이 편히 쉬세요
사리일랑 부디 남기지 마시고

Furnace

You've been thawing yourself, waiting
underneath these shabby eaves.

Come to me.
Set yourself on fire.
I'll embrace your self-immolation
to warm this cold winter night.

Then—
Soak into my embers deeply
on your last night on this Earth,
rest easy without burden
and leave no sariras behind.

아궁이 2

이 세상 모든 슬픔이여
내게로 오라
너의 마른 눈물 불쏘시개로
힘겹고 꽉 막힌 마음
연기로 훌훌 날리자꾸나

이 세상 모든 욕망이여
내게로 오라
너의 뜨거운 몸 활활 불살라
차가운 세상 따뜻이 덥히자꾸나

이 세상 모든 절망이여
내게로 오라
너의 마지막 한숨으로
새벽녘 꺼진 불 훅훅 불어가며
희망의 불 새롭게 지피자꾸나

샌드백

오늘 하루 삶이 힘들었던 이들이여
나를 흠씬 두들겨 패도 좋다

처진 어깨 휘청이는 걸음 멈추고
링 위에 오른 격투기 선수의 치열한 몸짓으로
오늘 네가 겪었던 힘겨운 삶의 무게를 담아
내 아랫배를 힘껏 걷어차도 괜찮다

지칠 때까지 때리고 걷어차다가
힘이 부치면 나를 붙잡고
소리 내어 엉엉 울어도 좋다

쓰레기통

세상의 모든 찌꺼기는 내게로 오라
한때는 너희도 온전한 몸으로
누군가의 소중한 존재였을 터
이제 저마다의 소임을 다하고 버려진 몸
내 품에서나마 잠시 쉬시게

온갖 악취와 더러움이 모였지만
누군가에게는 희망이 될 수도 있음이니
여기가 너희 생의 끝은 아니다
혹여 마지막에 태워져 연기가 될지라도
다음 생엔 모두의 부러움으로
새롭게 태어나시게

밥상

진수성찬보다
소박한 차림이지만
둘러앉은 사람끼리
서로의 따뜻한 마음이 상 위에 올라야
참으로 맛있는 한 끼 식사가 아니더냐?

상차림이 초라하다고
함부로 업신여기지 마라
너는 누군가와 맛있게
따뜻한 밥 한 끼 먹어본 적 있느냐?

공기청정기

네게 신선함을 선사하기 위해
지금 이 순간에도
나의 폐는 썩어 들어 간다

지하철 의자

삶이 고단한 이여
제가 기꺼이 무릎과 등짝을 내어드리리니
가시는 목적지까지
등 기대고 앉아서 편히 쉬어 가십시오

멍하니 차창 밖을 바라보는 이
피곤에 지쳐 잠든 이
휴대폰을 보는 이
저는 누구도 가리지 않습니다

지게

고단한 삶에 지친 그대
제가 그대의 등짝이 되어드리리니
무거움 듬뿍 덜어
부디 제 등에 얹어주세요
그리고 등과 등을 나누며
저와 함께 힘차게 출발해요

먼 길 가느라 힘든 그대
다시금 오르막길 앞에 두고
시원한 나무 그늘 한켠에
작대기로 저를 받쳐주시고
잠시 발 뻗고 편히 쉬세요

이제 좀 쉬셨나요?
우리 다시 힘을 내서
남은 길 떠나요

해질 녘까지

가야만 할 곳이 있으니까요

숫돌

무뎌진 칼날을 날카롭게 갈기 위해
내 몸이 위태로워짐을 참아야 합니다
쓱싹쓱싹 소리에
점점 경직되다 못해 뜨거워져 가는 몸뚱이
제발 물을 주세요

마침내 칼갈이가 끝나고 나면
나의 위험도 사라지겠지만
뜨거움에 살갗이 데이고
날카로움에 몸뚱이가 베이는 것보다
더 두려운 것은
잘 갈리어진 칼날에
누군가 상할 수 있음입니다

메주

지금은 새끼줄에 꿰어 달려
뒷방에서 곰팡이나 띄우는 보잘것없는 신세지만
한때는 반들반들 윤기 흐르던 노오란 콩이었다오
겨우내 퀴퀴한 냄새를 풍겨가며 온몸을 삭히고
내 살을 갈라가며 그 삭힘을 깊게 함은
그대를 위해 진한 맛을 내기 위함이라오

이제 매섭던 삭풍도 잦아지고 곧 날이 풀리면
짜디짠 소금물과 함께 가마솥에 들어가
한나절 푹 달여질 것이니
뜨겁게 내 몸을 삶아
한 식구 한 해 날 장으로 다시 태어날 때
비로소 모두들 깨닫게 될 것이오
내 삶이 그리 못난 것만은 아니었음을

세월호 5주기에

5년의 시간이 지나는 동안
슬픔의 깊이만큼 파도가 높고
맺힌 한의 쓰라림만큼 황혼은 붉은데
바다는 그때 그 자리에 그대로 있네

5년의 세월이 흐르는 동안
바다는 아우성으로 소리쳤네
떠나갔다고 결코 사라지지 않음을
외면한다고 결코 잊혀지지 않음을

참으로 원통한 시간이었네
참으로 기막힌 세월이었네

이제 한 줌 연기로 사라지는 향불이 되어
그 기막힘 그 원통함 다 내려놓으시고
오늘 밤 사랑하는 이들의 꿈속을 찾아

그동안 못다 한 얘기 서러운 얘기
마저 나누고 나서 같이 한잠 푹 주무세요
그리고 내일부터는
안전한 세상을 위한 등불로
우리 곁에 길이길이 남아주세요

오월의 광장에서

그의 오월이 떠나간 자리에
올해도 어김없이
텅 빈 오월이 찾아왔다
열정과 함성으로 가득 찼던 광장엔
낯선 햇살과 출처 모를 바람만 가득할 뿐
그의 부재를 기억하는 이들은
더 이상 이곳에 없다

그가 떠난 뒤에도
사람들은 전과 같이
떠들고 먹고 마시며 사랑을 나눴고
그가 외쳤던 사람 사는 세상은
나른한 봄날의 낮잠처럼
무료하게 우리 곁을 떠돌고 있었다

이제 무심한 잠에서 깨어나야 한다

그가 떠난 뒤에 남은 것들은
남겨진 자들의 몫
이 오월에 우리는 끝내야만 한다
힘센 자들만의 세상을
이 오월에 우리는 닦아줘야만 한다
힘겨워하는 자들의 눈물을
이 오월에 우리는 이룩해야만 한다
사람 사는 세상을

6.25 그날이 오면

술이나 한잔하게
오늘도 그날처럼 비가 내리네

동족의 피로 강을 이루던 그날도
70년이 지났건만
휴전선 철책에 걸쳐진 죽은 자의 혼령들이
산 자에게 묻고 있네
이긴 자는 누구이며 진 자는 누구냐고

지렁이

네가 그 돌을 치우기 전까지
그곳은 나의 소중한 보금자리였다
사랑하는 가족과
다정한 이들이 함께하던

이제 낚싯밥이 되기 위해
내 몸뚱이가 토막 내어짐은
슬프지 않으나
나로 인해 누군가 위험해질 수 있음이
두려울 뿐이다

하여 나의 몸부림은
낚싯바늘에 창자가 꿰이는
아픔 때문이 아니라
나로 인해 생명을 빼앗길지도 모를
어느 물고기에게 보내는
위험 신호일 뿐이다

어떤 도주

그가 어디서 왔는지 우리는 모른다 그저 깊은 숲속
이나 동굴이라 짐작할 뿐 아니 아이들 말대로 외계
인이 보낸 스파이일 수도 그사이 우리는 마스크를
쓴 채 서로를 외면하는 예의를 배웠고 텅 비워진 도
시 한켠에 우두커니 남겨진 공원으로 오래된 습관처
럼 무료한 오후엔 산책을 나간다 그곳엔 큰 호수가
있고 늘 여남은 마리의 오리 떼가 떠 있다 문득 나는
물속으로 뛰어들어 오리 떼에 섞이고 싶어졌다 물속
을 허우적대며 살려달라고 소리치는데 아무도 듣는
이가 없다 코로나로 일터를 잃은 이들인가 마스크를
쓴 채 드문드문 앉아서 먼 곳을 바라볼 뿐 아마도 귀
먹거나 눈멀거나 영혼까지도 빼앗긴 게 틀림없다 갑
자기 오리 떼가 떠 있던 자리로 핏빛의 석양을 앞세
운 채 바이러스가 떼 지어 몰려온다 얼른 도망가야
해 땀인지 피인지 끈적끈적한 어쩌면 바이러스의 체
액일지도 흠뻑 뒤집어쓴 채 알몸이 되어 풀밭을 달

리는데 사방은 온통 오리 똥이다 감염된 자들의 잔
해 이리 피하고 저리 밟으며 뛰고 또 뛴다 차라리 꿈
이었으면 하며 꿈속을 내달린다

* 2020년 코로나 팬데믹 상황에서 엄혹했던 뉴욕의 모습을 묘사한 시.

2021년 새해 기도

– 코로나 팬데믹 시기에

1.

지금 하늘에서 눈이 나리듯
지난겨울 깊은 숲속에서
그저 단백질 덩이인 네가 찾아왔을 때
아무도 몰랐네 너의 위엄을
눈발이 하얗게 세상을 덮듯
너는 보이지 않게 세상을 뒤덮었고
너의 위엄 앞에
마침내 우리는 무릎 꿇었네

2.

신이여,
어느 날 사슴이 되어버린 악타이온*처럼
저희의 발톱도 발굽이 되게 해주소서
당신께서 내어주신 이 땅을 해치는 탐욕을
이제 그만 멈추고

자연에 순응하며 남을 해하지 않는
초식동물이 되게 해주소서
그리하여 곧 다시 다가올 대홍수에
온 세상이 휩쓸려 사라진다 해도
오직 방주엔 초식동물만이 남아
다음 세상은 부디 평화롭게 해주소서

* 그리스 신화에 나오는, 저주를 받아 갑자기 사슴으로 변해버린 인물.

숨 쉬고 싶어요
− BLM(Black lives matter)*

제발 무릎을 떼주세요 숨을 못 쉬겠어요
검은 피부는 내가 택한 게 아니잖아요

수상한 사람들이 모여 사는 수상한 동네
어두워지면 통금 사이렌은 필요조차 없어요

담배를 사러 가려 해도 목숨을 걸어야 하니
적진을 돌파하듯 어둠의 철책을 넘어 담배 사러 가요
목표점에 다다르면 적군이 없나 일단 좌우를 살핀 후
재빠르게 거래를 끝내야 해요
그리고 왔던 길을 되돌아 조심조심 가야 해요
신의 가호를 빌면서

아뿔싸! 쏘지 마세요
캄캄해서 길을 잘못 들었을 뿐 선량한 시민입니다

제발 살려주세요 숨을 못 쉬겠어요 제발 목을 조~ㅁ

* 2010년대 미국에서 일어난 흑인 인권 운동의 슬로건.

I want to breathe

— Black Lives Matter

Please take away your knee, I can't breathe.

My dark skin was not my choice.

A strange town with strange people.

When it gets dark, even curfew sirens do not

necessary.

To buy a pack of cigarettes, I risk my life.

Across enemy lines, I break through the dark-

ness' fence.

When I arrive I nervously look to my left and

right,

in hushed voices, the exchange must be swift.

And back across the enemy lines I go.

May God be with me.

No, don't shoot!

It was dark, and I was lost……

I am a good citizen who never harm anybody.

Please let me go, let me leave, I can't breathe.

My neck—

3부

이과생의 시 쓰기

삶의 답안지

생명이란?
미분 방정식으로 풀어보면
그 답은 기적!
좋은 삶이란 그 기적 위에
차곡차곡 선과 사랑을 쌓아가는 것

삶의 끝에 가서
그동안 쌓아왔던 것들을
적분 방정식으로 풀어보면
저마다의 답은 다를 텐데
아! 부끄러운 나의 답안지

★ 미분, 적분 ★
미분 방정식 : 작게 나누는 것.
적분 방정식 : 작게 나눈 것을 다시 쌓는 것.

양자역학

가을날

떨어지는 낙엽을 바라보고 있자면

때론 뚝 뚝 뚝, 때론 팔랑팔랑

같은 낙엽이지만

떨어지는 모양은 다르듯

세상은 하나인 듯 여럿

여럿인 듯 하나

★ 양자역학의 특징 ★

하나, 때론 파동이었다가 때론 입자로 바뀌는 정체성 불명.

둘, 전자의 위치가 여러 곳에서 나타나다가 관측 순간 한 곳에 나타나는 현상.

상대성 이론

모든 사랑이 시간 따라 변하는 건
과학적 진실
마음 상하거나 노여워 말지어다

그럼에도 기적 같은 사랑을 만나
전설 같은 이야기를 만들고 싶어
너도 나도 길을 나서지

그 길에서 우리는 넘어지고 또 넘어지고
그리고 또다시 사랑에 빠지니
아인슈타인도 풀 수 없는
영원한 수수께끼

★ 상대성 이론 ★
뉴턴의 만유인력의 법칙에 아인슈타인이 시간 개념을 더해서 만든,
모든 힘은 시간의 영향을 받아 변한다는 이론.

열역학 제1 법칙

사랑이 커지면
커진 만큼 미움이 줄고
행복이 짙어지면
짙어진 만큼 슬픔이 옅어지니
서로 사랑하며 행복을 가꾸는 것은
천상천하 유아독존으로서
마땅히 해야 할 일

★ 열역학 제1 법칙 ★
에너지 보존의 법칙으로 세상 에너지의 총량은 일정하다는 법칙.

만유인력의 법칙

뉴턴이 떨어지는 사과에
관심을 갖기 전까지
아무도 그것을 궁금해하지 않았듯
그대가 제게 다가올 때까지
저는 황량한 세상에서
아무것도 아니었습니다

이제 그대가 제게로 다가섬은
모든 사물이 서로에게 다가가길 원하는
만유인력의 법칙과 같으므로
저도 마음 문을 활짝 열어
그대를 맞겠습니다

그리고
언제나 큰 힘이 작은 것을 끌어안는
만유인력의 법칙처럼

제가 견디다 견디다

힘들어 떨어지는 사과일 때

그대가 저를 보듬어

다시 싹을 틔워주는 대지가 되어주듯이

그대가 힘들 때

그대를 위한 거름이 되기 위해

기꺼이 제가 썩어드리겠습니다

★ 만유인력의 법칙 ★
세상 모든 만물은 서로 간에 당기는 힘이 있으며, 그 힘의 크기는 질
량에 비례한다.

4부

따뜻한 세상을 위하여

꽃샘추위

계절에 거스른다 미워하지 마라
갓 태어난 새봄이
건강하게 잘 자라게 하기 위해
내 마지막 혼신의 힘을 다해
예방주사를 놓는 것이니
어느 따뜻한 봄날 아침
내 스러져 간 자리에
향긋한 꽃잎으로 가득히 채워다오

산다는 게

시장에서 생선 좌판 하던 김 씨가
어제 갑자기 죽었다는데
왜 팔다 남은 생선이 궁금한 걸까

아래께만 해도
활생선처럼 싱싱했던 사람이
그리 쉽게 가버리다니
그나저나 남은 생선은 괜찮은 걸까

한잔 술에 시장 골목을 어깨동무로 누비며
함께 불러제꼈던 노랫가락들
이젠 혼자 남아 깡소주 몇 잔에 취해
웅얼웅얼 몇 소절 읊조리는데
왜 또 팔다 남은 생선이 궁금한 걸까

순장

나는 혼령
방금 전 땅속에 묻혀져
주인 곁을 지키는 중

주인을 지키라며
꽃다운 나이에 산 채로 묻혀졌으나
그의 넋은 간 곳 없고
시신만 덩그러니 남았구나

피 토하며 떠나는 저승길
우리 어매 울음소리에
혼령은 발걸음조차 떼지 못하고
구천을 맴도네

누더기

세월이 만든 상처에
버려진 자투리를 덧대어
시간과 정성을 씨줄과 날줄로
곱게 바느질하여 다시 태어나
이제 새롭게 한목숨 시작하려 하오니
풀 한 포기 꽃 한 송이
함부로 대하지 않는 이여
부디 저를 위해
축복의 기도 드려주소서

21세기 검투사

회피할 수 없는
사막 같은 검투장 한복판엔
상대와 나뿐

우렁찬 함성이 사방을 꽉 채운 속에서
두려움을 감추기 위해
이글거리는 눈빛으로 상대를 쏘아보지만
그도 속으로 외롭긴 매한가지

둘 중에 하나 쓰러져야 끝날 승부
이를 악물고 싸워 기필코 이기리라
다짐할수록 짙어지는 외로움
오늘의 싸움을 이긴다고 끝이 아닌
내가 쓰러져야 비로소 끝날 승부

몇 합의 승부 끝에 상대가 쓰러지고 난 뒤

함성이 모래바람처럼 몰아치는 검투장엔

오직 나 혼자뿐

내세에서

저녁을 먹다가
고대 이집트에 관한 TV 프로를 보는데
밥상에 오른 알 밴 굴비를 보니
그 옛날 파라오의 미이라가 생각난다
내세에서 이 수많은 알들은
과연 부화할 것인가?

길을 걷다가
쇼윈도우 안 알몸의 마네킹을 보며
그 옛날 진시황제의 병마용을 떠올린다
내세에서 그들은 용맹무쌍한 기병으로
다시 전장에 나설 것인가?

어느 봄날 즐거운 소풍길에서
꿈 많은 아이들에게 들이닥친
억울한 죽음을 보며

그 옛날 권력자들에 의해 생매장된
순장자들을 생각한다
내세에서 그들은
저마다의 원통함을 풀었는가?

투탕카멘의 독백

황금 궁전에서
황금 가면을 쓰고
황금 지팡이를 들고
황금 의자에 앉아 있지만
두 다리로 걷는 네가 부러워

밤 인사

밤하늘 가득한 별빛 속에서도
유난히 눈길을 끄는 별빛 하나
태곳적 보내온 신호건만
이제야 내 마음에 잦아드는가

기쁜 마음에
함성으로 화답하는 내 음성은
또다시 억겁의 시간이 지난 뒤에야
저 별에 다다를 수 있을지?

그때 누군가 내 음성을 듣는다면
부디 빛 대신 깃발을 흔들어다오

새해 첫날에

새해 첫날에 첫눈까지 오신다면
얼마나 좋을까요?
하지만 첫눈이 아니 오셔도 괜찮아요
이미 내 마음에는 첫눈이 내려
지난 일들을 하얗게 덮어버렸기에
새해 첫날을 새롭게 시작할 수 있으니까요

새해 첫날에 반가운 손님이 오신다면
얼마나 좋을까요?
하지만 손님이 아니 오셔도 괜찮아요
아침부터 휴대폰을 울리는
반가운 인사말들로 인해
새해 첫날을 기쁘게 시작할 수 있으니까요

새해 첫날에 어려운 이웃들과 함께한다면
얼마나 좋을까요?

하지만 이웃들과 함께 아니 해도 괜찮아요
벌써 앞마당에는 까치들이 모여들어
뿌려놓은 알곡들을 주워 먹고 있기에
새해 첫날을 나눔으로 시작할 수 있으니까요

사과를 깎으며

나른한 주말 오후
탐스러운 사과를 잘 깎아
식탁 건너편에 앉아
무심히 졸고 계신 어머니께
한 점 건넨다
전에는 어머니가 깎고
내가 먹었었지

사과 표면의 어렴풋한 줄무늬
이 또한 세월을 헤는 나이테 같은 걸까
고작 한 철 살다 갈 뿐이건만
흔적을 남기고픈 몸부림일 터

오늘따라 새삼스러운
나이테 가득한 어머니 얼굴
하지만 껍질 속 감춰진

뽀얀 속살 같은 어머니 가슴속

나는 알지요

퇴근길

12월의 해는 너무도 짧아
집으로 가는 길은 온통 어둠인데
살아 움직이는 건 전조등 불빛뿐

찻길의 안과 밖
다리와 강물
파란불과 빨간불
경계에는 늘
삶과 죽음이 함께 잠복중

경계를 뚫고 당도한 집
불빛 한 점 없이 몸을 낮춘 채
어둠 속에 숨어
누군가를 기다리고 있다

살며시 문 열고 들어서서 불을 밝히면

모습을 드러내는 낯익은 것들

이곳은 경계 밖이다

장작을 태우며

오늘 밤 뒤뜰에서
자그맣고 아스라한 우주를 하나 빚으려
장작을 태우련다

어둠을 태우며 붉게 타다가
흰 재만 남기까지의 시간이
화염 속 누군가에게는
그만의 우주가
생성되고 소멸되는 억겁의 세월일 터

새벽녘 흰 재만 남겨진 자리로
바람이 분다
또 얼마쯤의 시간이 지나고 나면
그 자리에 새 풀이 돋고 꽃이 피고
벌 나비가 날아들고

설해목

처음 네가 가벼운 몸짓으로
내 어깨 위에 살포시 내려앉았을 때
그저 사랑인 줄 알았네

밤새 쌓이는 너의 무게 점점 무거워만 가고
사랑이 죽음일 수 있다는 문득 스쳐 가는 두려움
그보다는 나의 사랑이 다해감이 더욱 슬퍼
마침내 부러져 떨어지는 그 순간조차도
오로지 네 걱정뿐
그 밤 내내 너는 내리고 쌓여서 내 몸을 덮고
우리는 그 겨울 함께 잠든다

그렇게 겨울이 지나고 따뜻한 봄이 오면
너는 녹아 사라지고 나는 썩어 사라져
그 자리엔 새싹이 돋고 꽃이 피리니
지난겨울 우리의 만남은 사랑이었네

꽃차

고즈넉이 산중에 어둠이 내리고
봄 내음 그리운 밤 꽃차를 달인다
소반 위에 가지런히 놓인 다기를
마음을 닦듯이 천천히 닦는다
산중 가장 맑은 물로 달임은
내 몸도 함께 맑아지기 위함이니
잘 끓은 물에 꽃잎 몇 개 띄우면
손끝에서도 꽃향기가 숨 쉰다

봄 내음 같은 사람이 그리운 밤
꽃차를 마신다
어느 들녘에 피었던 꽃이더냐
어느 산골짝에 피었던 꽃이더냐
활짝 핀 네 모습만큼이나 고운 마음씨
그이의 손길로 한 잎 한 잎 정성스레 말리어져
맛은 오랜 사랑만큼이나 깊고

향은 잘 익은 우정처럼 그윽해서
한 모금 음미하니
그리운 사람을 만난 듯하고
한 잔을 다 비울 즈음이면
그리운 사람을 보낸 듯하다

나는 그들의 이름을 모른다

나는 길녘 가득 핀
저 많은 꽃들의 이름을 모른다
그저 들꽃이라 부를 뿐이다
향기와 색깔이 저마다 다르지만
예쁘게 피고 싶은 욕망은 같을 것이다

나는 들판 가득한
저 많은 풀들의 이름을 모른다
그저 들풀이라 부를 뿐이다
모양과 크기가 저마다 다르지만
오래도록 푸르고픈 바람은 같을 것이다

나는 거리를 오가는
저 많은 이들의 이름을 모른다
그저 길 가는 이들이라 부를 뿐이다
그들이 가는 곳은 저마다 다르지만

마음속에 꼭 가고 싶은 곳 하나쯤
간직하고 사는 건 같을 것이다

샤부샤부

스산한 바람 옷깃 속으로 저며드는
이국의 늦가을 저녁엔
따뜻한 사람들과 함께
따뜻하게 마음을 데울 수 있는
샤부샤부가 제격이다

저마다 앞에 놓인 아빠 같은 넉넉한 그릇에
각자의 취향대로 육수를 붓고
알콜불로 덥힌 다음
간장과 식초물에 간 무며 파와 생강을
적당히 섞은 뒤 잘 저으면
부드럽고 감칠맛 나는 엄마 같은 소스 완성
언니의 싱싱함 그대로인 맑고 파란 청경채와
친절하고 배려심 많은 오빠의 펄펄 뛰는 젊음 닮은
얇게 저민 붉은 고기를 넣어
가뜩이나 깔끔한 육수에 진한 맛을 더하고

후후 불어 한 젓갈 입에 넣으면
살살 녹는 이 맛은 뭐지

모양과 성분이 서로 다른 여러 가지 재료가
작은 냄비 안에서 어우러져 내는 이 맛은
오늘 밤 식탁에 빙 둘러앉은
우리들의 따뜻함이 서로 섞여 내는 훈훈함
산다는 게 이런 맛과 같다면
우리는 진정 행복을 아는 참사람들

Hot Pot

On a cold windy autumn evening in a distant
country,

A warm bowl of hot pot with warm people
never fails to warm my heart.

The bowls are like my daddy, ample and deep.

In them we pour broths of our liking, heat them
up with fire.

Soy sauce, vinegar, grated radish, scallion, and
ginger

all come together to make a sauce, soft and de-
lectable like my mommy.

The vegetables' as refreshing as my sister.

The sliced meat's redness is as lively as my

brother, kind and generous.

In they go adding a depth of flavor to the broth.

I take a bite. What is this, this soft and wonderful flavor in my mouth?

All the different ingredients mixed in a pot,

they come together to create a taste.

Tonight, all of us gathered around a table share warmth.

If life is indeed like this taste, we know what true happiness is.

휴대폰 배터리를 충전하며

온종일 쉴 새 없이 쓰다 보니
어느새 배터리가 나가버렸다
전화는 기본, 채팅 게임 동영상
생각해 보면
안 해도 그만인 게 태반인 것을
문득 휴대폰이 없었을 때는 어땠었지
그때도 지금처럼 바쁘게 살았었나
오래된 기억처럼 가물가물하다

21세기 첨단 세상을 사느라
지치고 방전된 몸
휴대폰에 충전기를 꽂듯이
내 삶에도 휴식의 충전기를 꽂아야겠다

5부

추억을 위하여

이민

어릴 땐 멀리 가는 게 겁났어
커가면서
점점 먼 데까지 가곤 했지
늘상 갈 때는 걸어갔지만
올 때는 뛰어서 왔어

서른 즈음에
북미로 이민을 떠났어
비행기를 탔지
그 이후로
뛰어서 돌아갈 곳이 없어

겨울, 새벽 호수에서

희미한 빛
검은 구름 사이에 걸려
막 내린 모닝커피 속
거품만큼만 희다

쇳빛 물결 위로 그림자도 없이
청둥오리 몇 마리가
시간을 요람 삼아 떠 있고
수면 밑으로
몇 줄기 빛이 소리 없이 숨는다

물가를 빙 둘러
반짝대는 겨울의 자취
아직 새벽 호수는
살얼음만큼 위험하다

빈 가을

한여름 뙤약볕도 견디며 가꾼
잘 영근 알맹이 죄다 내어주고
남은 껍데기마저 점점 비어갈 때
떨어지는 잔해만큼 커지는 하늘

그 하늘 석양으로 온통 붉게 물들면
가야 할 길 그다지 멀지도 않건만
긴 그림자 드리우며
또 하루 지우려
길 떠날 채비를 하네

걸친 것 모두 훌훌 벗어버리고
붉게 물든 세월고개 넘는 너는
애당초 빈 것임을 아는 양
결코 뒤돌아보지 않네

유치한 시

언젠가
세상에서 제일 유치한 시를
꼭 한 편 쓰고 싶다
마음속에 묵혀놓은 말들을
있는 그대로 토해낸 시

비웃음을 사도 상관없고
공감을 못 해도 그만인 시
그저 남기고 싶은 얘기들을
유서 삼아 쓰고 싶다

물론, 꼭 쓰고픈 말 첫 줄은
마음속에만 담아둔 채
평생토록 하지 못했던 말
"사랑한다 고맙다"

시인

예쁜 꽃망울 바라보며
시간 가는 줄 모르고
스치는 가을바람에
허전해하는 나는 시인이다

누군가 건네는 따뜻한 말 한마디에
속마음까지 다 내어주고
누군가 의미 없이 던진 한마디에
마음 상해 괴로워하는 나는 시인이다

주머니에 남은 잔돈마저 털어
막걸리 바꿔 마시고
밤길을 터덜터덜 걸어서
집으로 돌아가는 나는
어쩔 수 없는 시인이다

진한 어둠으로도 감출 수 없는

가난한 발걸음조차

영락없는 시인이다

왕십리

어둔 하늘을 쥐어짜듯 검은 비가 뚝뚝 내렸지
간판 없는 선술집 구석 낡은 창 틈으로 스미는
12월 찬 바람이 목덜미를 맴돌고
빛바랜 탁자 위를 바삐 오가던 술잔들
쌓여가는 빈 술병을 따라
마구 흩어지던 주인 없는 이야기
그 시절 청춘의 이야기엔
머언 이국과 타인의 세상뿐

밤새 흩어지던 이야기의 파편
지금도 누군가 주워 모아
짝을 맞추고 있을까?
아직도 건재할
빛바랜 탁자 위
빈 술병으로 전해지는
끝 모를 청춘의 전설

새벽, 강남에서

밤새 검은 안개에 덮여 있던
욕망의 도시에서
생명을 다한 불빛들이
도시를 가득 메웠던 탐욕들을
부둥켜안은 채
하나둘씩 사라져 갔다

늦가을 새벽 거리엔
길 잃은 작은 소망들이
차가운 길바람에 뒹굴고
꺼져가는 불빛과 함께
사라졌던 탐욕들이
희뿌옇게 도시를 포위한다

첫눈을 기다리며

한 해가 다 가는데도
아직 눈이 내리지 않는다
어릴 적에는 초겨울부터 함박눈이
자주 내렸었지
혀를 쭉 내밀어 받아 먹던 눈송이의 맛
촉촉했던 가난의 맛
세상이 풍요로워지면서
눈이 자주 오지 않는다
게다가 빛깔마저 맑지 못해서
그 맛을 다시 보기 어렵다

北國에 내리는 비

1월 北國의 거리에
이방인처럼 비가 내린다
눈보다 찬 비가
캐묻듯이 뺨을 때린다
너는 왜 낯선 이곳까지 왔느냐고?
고향을 잃은 나는 침묵할 뿐

빗속에서 먼 곳을 바라보고 서 있던
시베리안 허스키가 시선을 돌려
캐묻듯이 쏘아본다
너는 왜 낯선 이 땅에 왔느냐고?
사랑을 잃은 나는 외면할 뿐

친구처럼

친구처럼 얘기하고 싶다
삶이 힘들 때마다 전화하면
아무 말 않고
그저 묵묵히 내 얘길 들어주는 친구처럼
누군가에게 나도 잘할 수 있다고
감춰둔 속마음을 말해주고 싶다

친구처럼 기대고 싶다
해직되던 날
술 한 잔 마주 놓고
나보다 더 분개하며
축 늘어진 내 어깨 위에 손 올려주던 친구처럼
누군가에게 기대어
내 지난 세월을 넋두리하고 싶다

친구처럼 시비 걸고 싶다

나를 인정해 주지 않는 세상을 향해
고래고래 소리치던 나를 말리던 친구처럼
누군가에게 너도 내 맘 모른다며
괜히 멱살 잡고 싶다
그리고 내일
아무렇지 않게 전화해서
어젠 잘 들어갔냐며 인사하고 싶다

그림자

아무리 먼 길을 가도 결코 짐이 되지 않고
지치지도 않은 채 따라붙는 너는
내 영혼의 단짝

칼로 다리를 베이고 창에 심장이 뚫려도
피 한 방울 흘리지 않고 내 곁을 지키는 너는
불사조!

양지바른 곳 작은 들풀 아래로도 숨는 섬세함과
때론 해와 달마저도 삼켜버리는 담대함으로
너는 항상 우리 곁에 있지

그러나 언젠가 빛이 사라질 때
너도 함께 멸하리니
어쩔 수 없는 우주의 편린

딩동

우리 집 강아지 이름은 딩동
아빠랑 놀다가도 엄마만 오면
냉큼 달려가 다시는 본 척도 안 하는,
주인을 닮아 그런가
의리가 없다

짬짬이 공놀이를 해달라고 떼를 쓰지만
피곤하다 싶으면 침대 밑에 눌러앉아
이리 와 놀자 해도 본 척도 안 하는,
주인을 닮아 그런가
게으르기 짝이 없다

지가 듣고 싶은 말은 칼같이 알아듣지만
내키지 않는 말은 못 들은 체 내숭 떠니,
주인을 닮아 그런가
너무 이기적이다

개와 나만의 세상

사방이 꽉 막힌 어두운 공간
벽을 향해 공을 던지면
쏜살같이 쫓아가는 녀석
물어뜯겨 상처투성이가 된 작은 공이
그의 심심함과
나의 외로움을 달래줄 유일한 도구
우리는 지금 놀이 중이다

타원형의 공은 어디로 튈지 예측 불가
녀석은 중간쯤에서 어슬렁대며
공의 향방을 점치지만
맞출 확률은 우리의 삶만큼이나
불확실할 뿐

한참을 놀았을까
지친 녀석은 늘어져 눕고

나는 우리만의 세상보다 더 어두울

바깥세상을 엿보기 위해

출구를 찾아 이리저리 벽을 더듬는다

인연 그 소중함에 대하여

네가 만리길을 날아서
내 곁에 왔을 때
그것을 인연이라 부르자
아마 우리는 전생부터
억겁의 시간 동안 맺어온 인연일 터
태어나자마자
이 집 저 집 떠돌던 작은 몸뚱이
마침내 내게로 왔을 때
가련함과 경계심이 섞여 있던 눈동자
잊지 못하지

이제 우린 눈빛만 보아도
서로를 너무 잘 아는 사이
때론 너의 심심함과
나의 외로움을 맞바꾸며
남들에겐 의미 없어 보이는 시간을

함께 보내지만
문득문득
내가 너를 위해 할 수 있는 것보다
네가 나를 위해 하고 있는 것의 소중함을
날마다 깨치는 중

애주가를 위한 변명

사노라면 변기에 앉은 땟자국처럼
청소가 필요할 때가 있지
몸의 때야 목욕으로 씻는다 해도
마음에 쌓인 삶의 때는 어찌할꼬
세제를 붓고 거친 솔로 박박 문대봐도
씻겨지지 않는 고약한 물때 같은
삶의 때 말일세
그러니 한잔 술에 푹 담가
다시 한번 벅벅 문질러볼 수밖에

장가계

거대한 바위 구멍이 천문이 되어
하늘 저 너머로 가려 하는
누군가를 기다릴 때
나는 구름 덮인 천문 앞에 서서
잠시 꿈에 젖어보네

천문 너머는 신선들만의 세상
2천 년도 넘게 장자방이 거닐고 있고
천 년도 훨씬 전부터
태백은 술에 젖어 시를 읊고 있네
나도 어느덧 신선이 되어
이들과 더불어 세월을 노래하고
함께 시를 읊으니
방금 전 떠나온 사바세계가
꿈보다 더 아득하기만 하여라

눈 오는 날에

흰 눈으로 덮인 경치를
사진기에 담으니
세상은 온전히 흑백사진이다

그날 밤 꿈속에서
어릴 적 보았던
흑백사진 속 그리운 얼굴들이
나를 보며 어서 오라는 듯
환히 웃고 있었다

가고 싶다
날이 밝아 흰 눈이 녹고
세상이 본래의 색깔로
다시 돌아가기 전
빛바랜 흑백사진 속으로 들어가
고단한 몸 누이고
편히 한잠 자고 싶다

On a Snowy Day

Taking a picture of the snow covered world,

everything is in black and white

That night in my dreams, smiling faces

from the black and white pictures of my child-

hood

Call to me, welcoming me

Before the dawn comes and the white snow

melts

and the world returns to its colorful self,

I want to go back to that faded black and white

photo

and lay my tired body down, and sleep a bliss-

ful sleep

꽃

꽃들은 볼 때마다 항상 웃으며 반긴다
오랜 세월 한결같다
꽃들에겐 슬픔이 없을까
문득 생각해 본다

예전에 그녀는 항상 웃었고
그녀에겐 슬픔이 없는 줄 알았다
그녀가 떠난다고 했을 때
비로소 그녀의 슬픔을 알았듯
꽃이 질 때야
꽃의 슬픔을 알게 될까 두렵다

Flower

Flowers welcome me with smile always

whenever I look at.

Same for long long time.

Supposed suddenly flowers never are sad.

She smiled always when I was young.

She seemed to be never sad.

As I realized her sorrow

when she said good bye,

I'm afraid I realize flowers' sorrow

when flowers fall down.

모홍크, 하늘 속 호수에서

산정에 오르니 호수였다
이토록 담대한 호수를
인간에게 선물한 신에 대한 경외로움에
잠시 고개 숙임은 당연한 절차

여기 가득 담긴
푸르고 시리게 맑은 물은
한때 인디언의 생명수
그리고 한때 그들의 눈물

호수를 에워싼 바위에 묻은
물때만큼의 세월 동안
이곳에 살았을 사람들
호숫가 벤치에 앉아
살랑살랑 불어오는 바람결에
그들이 전하는 이야기 듣는다

삶을 노래하는 시인 이성곤

용혜원 시인

"시인이란 누구인가? 그 마음은 남모르는 고뇌에 괴로움을 당하면서 그 탄식과 비명이 아름다운 음악으로 바뀌도록 된 입술을 가진 불행한 인간이다"라고 키르케고르가 말했다. 시인의 삶은 시를 찾아 떠나는 여행이다. 시를 쓰려면 시인의 연상이 중요하다. 연상은 시를 쓰기 위한 언어의 씨앗이다. 허드슨은 "시는 상상과 감정을 통한 인생의 해석이다"라고 말했다. 시는 시인의 삶을 시로 쓰는 것이다. 시란 무엇인가? 시는 마음에 떠오르는 생각이나 느낌을 짧고 간결하게 나타낸 글이다. 시는 삶의 표현이다. 시에는 삶 속에 살아 있는 이야기가 담겨 있어야 한다. 인생도 표현이다. 시인은 시를 통하여 시대를 나타내고 아픔을 나타내고 희망을 나타내고 사랑을 표현한다. 시는 소리 있는 그림이요, 그림은 소리 없는 시다. 시는 내가 살아온 날의 추억과 흔적이요, 내가 살아갈 날의 통로이다. 시는 시인이 독자들에게 전하는 생각과 마음의 표현이다. 시는 눈으로 쉽게 보여야 시다. 시는 입으로 쉽게 읽혀야 시다. 시는 귀에 쉽게 들려야 시다. 시는 리듬을 타고 강물처럼 흘러가야 한다. 시를 읽으면 그림이 그려져야 한다. 시는 마음에 쉽게 새겨져야 시다. 시를 생각하고 발상하고 언어가 춤추게 해야 한다. 시의 언어가 가슴에서 심장 속에서 터져 나오게 하는 것이다. 시를 쓰는 것도 용기가 필요하다!

시는 시인의 마음의 목소리, 영혼의 목소리다. 시인의 시의 시작은 연상이다. 시인이 연상을 잘하면 수많은 시를 쓸 수 있는 동기를 가질 수 있다. 시를 쓰기 위하여 내 마음에 연상을 파종하였다. 시는 자연스럽게 싹이 자라나 꽃이 피고 열매를 맺는 풀과 나무와 같다. 시가 지나치게 일정한 형식에 매달리면 공장에서 찍어낸 물건과 다를 바가 없다. 시가 지나치게 어려운 언어로 쓰이거나 난해하면 독자들은 발길을 돌린다. 시 속에는 시인 마음의 세계가 있는 그대로 녹아 있어야 한다.

시는 시인의 언어가 살고 있는 언어의 집이다. 시인의 시는 시인이 창작한 언어의 낙원이다. 시인의 시가 사람들에게 사랑을 받고 읽히는 것은 행복한 일이다. 시를 읽으면 그림을 보듯 눈앞에 생생하게 살아나야 한다. 시를 평생 동안 쓰려면 시의 소재가 많아야 한다. 시인의 시 중에 대부분 시의 소재가 제한되어 있는 것을 알 수 있다. 시집을 읽으면 시 제목도 제한되어 있음을 느낄 때가 많다. 시집을 읽으면 같은 제목의 시가 많다. 시인들의 관심이 서로 같다는 것을 알 수 있다. 시인의 생각과 연상이 한계에 갇혀 있다는 것을 알게 된다. 시의 폭을 넓혀나가야 시의 세계를 넓힐 수 있고 시의 영역을 넓혀가며 다양하고 폭넓게 많은 시를 쓸 수 있다. 시의 세계에 미친 듯이 뛰어들어 밤낮으로 시를 생각하고 시를 좋아하고 시를 마음에 담고 시를 써야 시가 살아난다. 시가 마음에 울림을 주고 서로 공감하고 감동할 수 있어야 시가 생명력을 얻는다. 좋은 시는 첫째, 읽기가 쉬워야 한다. 둘째, 읽으면 그림이 그려져야 한다. 셋째, 리듬을 타야 한다. 넷째, 감동을 주어야 한다.

1. 삶을 노래하는 이성곤 시인은 시를 연상하는 언어 능력이 뛰어나다

시인의 시 속에서 자신의 삶 속에서 성숙한 자기만의 독특한 목소리가 살아 있다는 것은 시의 표현 능력이 살아 있다는 것이다. 살아 있는 것은 가만히 있지 않는다. 사람들의 마음을 파고든다. 사람들의 마음을 움직이고 공감을 느끼게 한다. 워즈워스는 "시는 힘찬 감정이 자연스레 넘쳐나서 이루어진 것이며 그 근원은 고요함 속에 상기되는 정서이다"라고 말했다. 이성곤 시인의 시에서 워즈워스의 말을 그대로 동감하게 된다.

누군가 그립거든

어둠 속을 걸어보아라

아무것도 보이지 않는다고

없는 것이 아니다

숨어 있는 어둠 어딘가

너는 그곳에 있다

－「너 떠나고」 부분

하늘 끝이 보이는 맑은 날이면
그리움이 더하다
아마도 그리움에 색깔이 있다면
맑음일 것이다
 -「납골당에서」부분

해질 녘 석양이 낮게 스며드는 창가에
노란 해바라기 한 송이
가벼운 손짓으로 인사하면
오늘 하루의 이야기를 풀어보련다
 -「해바라기」부분

2. 이성곤 시인은 사물 속에서 시를 연상하는 능력이 뛰어나다

시를 계속 쓰려면 생각 속에만 갇혀 있지 말고 시의 다양성을 위하여 다각도로 시의 세계를 넓혀나가야 한다. 시의 세계를 넓고, 깊고, 높게 하기 위하여 연상과 쓰기가 중요하다. 시를 연상하는 능력이 뛰어나고 언어 표현 능력이 계속 상승하고 자라나고 살아나야 한다. 시인의 언어 구사력이 제한되어 있으면 시를 쓰는 데 한계가 있다. 시를 쓰는 단어와 연관어가 많아야 한다. 시를 몇 편 쓰고 나면 바닥이 난 것처럼 시가 잘 써지지 않는다. 연상과 시를 표현하는 언어의 한계이다. 시를 쓰려면 우리말을 다루고 있는 다양한 책을 통하여 풍부한 언어 능력을 가져야 한다. 단어, 숙어, 형용사, 감탄사 등 언어를 많이 습득할수록 표현 능력의 범위가 넓고 높고 깊어진다. 시의 언어의 표현 능력을 다양하게 넓혀야 한다. 더글러스는 "모든 좋은 시는 피와 땀과 눈물로써 고리가 이어지듯 천천히 그리고 끈질기게 만들어진다"라고 말했다.

시의 세계는 넓고 무궁무진하다. 시를 써갈 수 있는 공간은 넓고 넓은 세계다. 그 넓고 깊은 세계를 살아 있는 생명의 언어로 잘 표현해야 한다. 언어의 다양성이 깊은 시의 세계를 넓혀주어야 한다. 시를 오래도록 다양하게 쓰려면 언어의 그릇을 넓혀나가야 한다. 언어의 바다에 배를 띄워 자유롭게 항해를 시작해야 한다. 시를 통하여 읽을거리, 말할 거리, 상상할 거리, 전할 거리, 감동거리, 공감거리를 만들어주어야 한다.

더 이상 물러설 곳이 없다
뒤돌아 갈 수도 없다
그저 커다란 힘에 떠밀려
삶의 끝자락 이곳까지 왔다
  -「파도 2」부분

직각은 위험하다

먼 길을 가다 보면
때론 그 위에 선다

비상과 추락 사이
물러섬이 있어 다행이다
  -「절벽」전문

누추한 처마 밑에서
젖은 몸 말려가며
오래 기다렸어요
  -「아궁이」부분

지칠 때까지 때리고 걷어차다가

힘이 부치면 나를 붙잡고

소리 내어 엉엉 울어도 좋다

   -「샌드백」부분

네게 신선함을 선사하기 위해

지금 이 순간에도

나의 폐는 썩어 들어 간다

   -「공기청정기」전문

이성곤 시인은 눈에 보이는 것들을 의인화해서 시를 쓰는 시인이다. 시인은 자연과 사물을 의인화해 시가 힘차게 살아나게 한다. 그만큼 시를 쓰고자 하는 열정이 대단하다. 시혼이 가슴에 불타서 시를 쓰는 데 온 열정을 다 쏟는 것이다.

3. 이성곤 시인은 계절을 노래하는 시인이다

시인은 시를 쓴다. 계절을 노래한다. 이 세상 모든 시인들은 계절을 시로 쓰기를 좋아한다. 모든 계절은 시인을 찾아오는 손님이기 때문이다. 그러므로 시인들은 계절이라는 손님을 시로 만나기를 좋아한다. 시인은 평생 동안 시를 찾고, 시를 읽고, 보고, 쓰고, 동행하며 살아간다. 시속에는 시인이 살아온 삶이 그대로 녹아 있다. 시는 시인의 직간접 체험을 써 내리는 것이다. 시인은 목숨이 다하는 날까지 시를 쓰는 삶을 살고 싶어 한다. 시인은 시를 쓰며 자신이 쓴 시를 보고 울고 웃는다. 시인의 마음이 자연스럽게 시에 들어가 있기 때문이다. 시는 시인의 마음을 담아놓은 그릇이다. 시는 시인의 삶을 그대로 표현한 것이다. 시인의 생각 속에서 시의 연상이 떠오르면 시인은 영감의 손끝에서 시를 쓴다. 시인은 넓고 깊게 다양한 연상을 해야 다양한 시를 쓸 수 있다. 시인의 마음은 제한되지 않고 자유로워야 한다. 시인은 시의 언어로 시를 쓰고 시의 언어로 그림을 그리고 시의 언어로 리듬을 타고 시를 언어로 조각한다.

계절에 거스른다 미워하지 마라

갓 태어난 새봄이

건강하게 잘 자라게 하기 위해

내 마지막 혼신의 힘을 다해

예방주사를 놓는 것이니

어느 따뜻한 봄날 아침

내 스러져 간 자리에

향긋한 꽃잎으로 가득히 채워다오

  -「꽃샘추위」전문

한여름 뙤약볕도 견디며 가꾼

잘 영근 알맹이 죄다 내어주고

남은 껍데기마저 점점 비어갈 때

떨어지는 잔해만큼 커지는 하늘

  -「빈 가을」부분

물가를 빙 둘러

반짝대는 겨울의 자취

아직 새벽 호수는

살얼음만큼 위험하다

  -「겨울, 새벽 호수에서」부분

세상이 풍요로워지면서

눈이 자주 오지 않는다

게다가 빛깔마저 맑지 못해서

그 맛을 다시 보기 어렵다

−「첫눈을 기다리며」 부분

4. 이성곤 시인은 자신의 아픔을 시로 쓰는 시인이다

사랑하는 딸을 먼저 하늘나라에 보낸 아버지의 마음이 한 편의 시가 되었다. 세상 어디에도 말할 수 없는 가슴 아픈 한을 한 편의 시로 써놓았다. 괴테는 "세계는 넓고 풍부하며 인생은 다양하다. 그러므로 시를 쓰는 데 동기가 부족한 일은 없다. 그러나 시는 모두가 기회시(시인의 감정에 충격을 준 체험을 읊은 시)가 되어야 한다. 현실이 시에 동기와 재료를 부여하지 않으면 안 된다. 특수한 사건이라도 시인이 취급하는 데 따라서 보편적인 것이 된다. 나의 시는 모두가 기회시. 현실에 있어 촉발된 것이고 현실에 기초를 가지고 있다. 날조한 시를 나는 좋아하지 않는다"라고 말한다. 이성곤 시인은 자신의 뼈저린 아픔을 한 편의 시로 남겨놓았다. 딸에게 보내는 아버지 마음이

한 편의 시다.

겨울 하늘 시리도록 푸르른 날에

세찬 바람 공터를 휘도는 날에

네가 좋아하던 봄꽃이 피려면

이제 얼마 남지 않았건만

너의 절반인 사랑하는 가족 곁을

무엇 때문에 갑자기 떠나야만 했나요?

아무리 인명은 재천이라지만

이제 겨우 삼십 대의 창창한 청춘을

하늘은 왜 이리 빨리도 데리고 가시나요?

해맑게 예쁜 미소

따뜻하고 정 많은 마음씨

이제 다시 볼 수 없으니

여기 남은 우리들의

보고 싶은 마음 어찌하나요?

부디 잘 가거라

하늘나라 가는 길 서둘지 말고

힘들면 쉬고 목마르면 물 마시며

천천히 아주 천천히 가거라

가는 길에 언제라도 보고픈 가족들에게

꿈에라도 좋으니 꼭 한번 들러서

못다 한 말 하고픈 말 마저 들려주거라

이제 세상의 무거운 짐 훌훌 벗고

하늘나라, 가족들과 가장 가까운 곳에서

편히 쉬며 늘 우리 곁에 있어주거라

부디 잘 가거라, 사랑하는 나의 딸아

 ―「사랑하는 나의 딸 유나를 보내며」 전문

시는 시집 속에 글자 속에 갇혀 있는 시가 아니라 문이 활짝 열려 있어야 서로 함께 공유하여 읽고 싶고, 적어두고 싶고, 말해주고 싶은 시가 된다. 시가 독자들의 감정선을 흔들어 감동하고 감탄하고 환호하게 만들어주어야 한다. 시는 결코 제한되거나 구속되고 갇혀 있는 것이 아니라 넓고 깊고 순수하게 표현되어야 한다.

시인도 많고 시도 많지만 시인의 삶의 행복과 슬픔과

고통 속에서도 아름답고 멋진 시꽃이 피어나야 한다. 시는 시인의 영혼의 살아 있는 고백이다. 시는 시인의 깊은 마음에서 쏟아지는 언어이기에 사람들의 마음을 감동시키고 움직여야 한다. 시인은 다양한 나이의 감정과 다양한 직업을 가진 사람들의 마음과 자연을 관찰하고 살피는 크고 넓은 마음을 가져야 시를 폭넓게 써낼 수 있다. 때로는 아이처럼, 소년과 소녀처럼, 어른처럼, 인생을 달관한 노인처럼 다양한 나이를 표현할 수 있어야 한다. 시인 자신의 목소리, 자신의 색깔로 시를 써야 시가 살아난다.

시인의 시를 시인만 알 수 있다면 안타까운 일이다. 시인의 생각과 독자의 생각은 다를 수도 있다.

독자의 시 선택은 독자의 몫이다. 시인은 시를 다양하게 써서 독자와 만나야 한다. 독자의 마음은 각기 다른 것을 원하고 있다. 시인은 언어의 연상과 상상 그리고 언어의 묘사를 잘해야 한다. 시인의 연상을 통해 써진 시로 독자들에게 시를 함께 공유하고 감상하고 시를 읽는 즐거움을 주어야 한다. 시인의 시를 읽으며 공감할 때 독자들은 시인과 마음을 공유하는 기쁨을 누린다. 이성곤 시인의 시는 쉽고 편안하게 공감할 수 있는 언어로 인간미 있는 언어로 다가온다. 앞으로 더 다양하게 더 깊고 넓은 연

상을 통하여 독자들에게 좋은 시를 선물할 것을 크게 기
대한다.

이성곤

한양대 화공과 졸업
미국 뉴저지주 거주
시집 『나는 그들의 이름을 모른다』
sklee4262g@gmail.com

보이지 않는 곳에 너는 있다

—

초판 1쇄 2024년 2월 13일
지은이 이성곤
펴낸이 김영재
펴낸곳 책만드는집

—

주소 서울 마포구 양화로 3길 99, 4층 (04022)
전화 3142-1585·6
팩스 336-8908
전자우편 chaekjip@naver.com
출판등록 1994년 1월 13일 제10-927호
ⓒ 이성곤, 2024

—

ISBN 978-89-7944-859-7 (04810)
ISBN 978-89-7944-354-7 (세트)